로봇 택시 기사 무디

로봇 택시 기사 무디

초판 1쇄 인쇄 2025년 2월 13일 | 초판 1쇄 발행 2025년 2월 20일
지은이 박선화 | **그린이** 김일주 | **펴낸이** 박미경
펴낸곳 마루비 | **출판등록** 제2016-000014호 | **주소** 서울특별시 마포구 마포대로 33 오동 2310호
전화 02-749-0194 | **팩스** 02-6971-9759 | **전자우편** marubebooks@naver.com

© 박선화, 김일주 2025

ISBN 979-11-91917-61-1 74810
ISBN 979-11-973408-8-8(세트)

이 도서의 국립중앙도서관 출판예정도서목록(CIP)은 서지정보유통지원시스템 홈페이지에서 이용하실 수 있습니다.

로봇 택시 기사 무디

박선화 글   김일주 그림

마루비

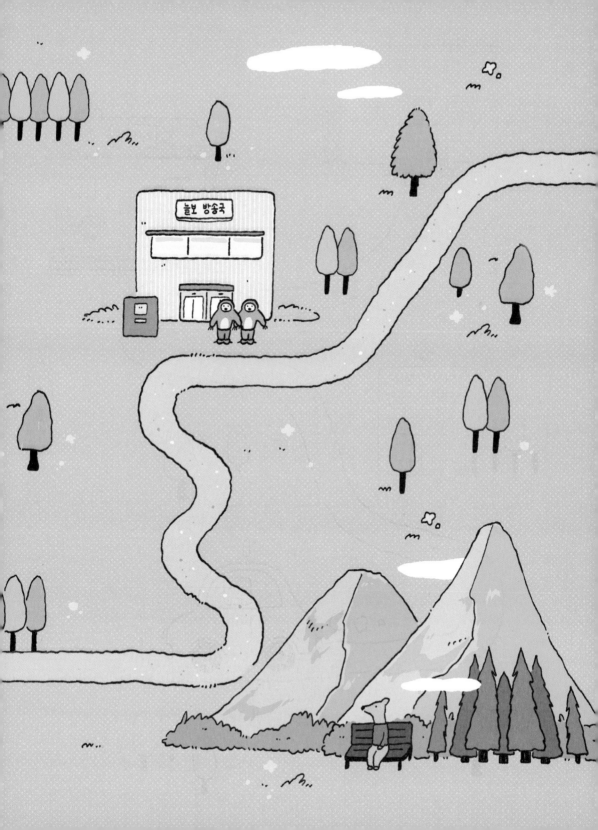

차례

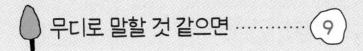
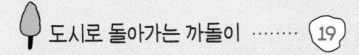
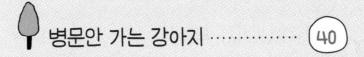

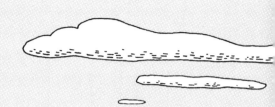

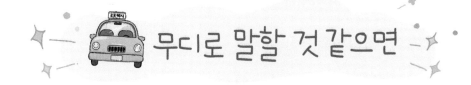

무디로 말할 것 같으면

별마루 기차역 옆에는 로봇 택시 회사가 있어요. 하지만 로봇이 운전하는 건 아니에요. 로봇처럼 튼튼하고 정확하다는 뜻으로 지은 이름이었지요. 그런데 그곳에 진짜 로봇이 찾아왔어요. 이름은 무디였어요.

택시 회사 사장이 팔짱을 끼고 무디를 위아래로 훑어보았어요.

무디가 짊어진 배낭 안에서 병아리 두 마리가 고개를 내밀었어요.

사장은 고개를 갸우뚱하며 물었어요.

"그래, 우리 회사에서 일하고 싶다고?"

"그렇습니다. 이곳은 로봇이 운전하는 택시 회사입니까?"

무디가 기계음으로 물었어요.

"그런 오해를 많이 받았지. 하지만 진짜 로봇이 찾아올 줄은 몰랐군. 이곳엔 어떻게 해서 오게 되었나?"

띠리릭 히리릭, 하는 잡음이 잔뜩 들리더니 녹음된 소리가 들려왔어요.

100% 로봇답지 못하면 로봇 자격이 없어.
로봇에게 1%의 감정 따위는 필요 없지. 당장 이곳에서 떠나!
쳇, 로봇에게 감정이 있다면 닭도 날 수 있겠군.

사장은 한번 입을 꾹 다물고는 말했어요.

"흐음…… 100점짜리 로봇은 아니라는 뜻이군."

"로봇다운 로봇을 원하십니까?"

"꼭 그런 건 아니야. 난 그저 훌륭한 운전기사를 원하네."

사장은 책임감이 강한 이를 기다려 왔어요. 하지만 마땅한 후보가 없었지요.

"혹시 고장 난 곳은 없나?"

"전 고장 나지 않았습니다. 현재 가동률 100%입니다."

말을 마친 무디는 배낭 안에서 병아리 두 마리를 꺼내 쓰다듬었어요. 병아리가 졸린 눈을 하고 꾸벅거렸어요. 무척 약해 보였지요. 사장은 무디가 병아리를 소중히 여기는 걸 보니 나쁜 로봇은 아니라는 생각이 들었어요.

"그래 또 뭘 할 줄 아나?"

"저로 말할 것 같으면, 물건 수리와 무거운 것 옮기기, 닦고 쓸기, 달리기, 눈 치우기, 속도로 말할 것 같으면 초음속 울트라……."

"초 뭐라고?"

"잘 달립니다."

"으흠, 우리 회사에서 달리는 건 기본이야. 중요한 건 안전이지."

"당연합니다. 자동차, 기차, 배 그리고 비행기도 안전하게 운전합니다."

"비행기 운전이라고? 글쎄…… 그것까진 필요 없네."

"빨래, 청소, 요리 그리고……."

"요리?"

사장은 요리라는 말에 이미 반쯤 마음이 넘어

갔어요. 혼자 해 먹는 김치찌개에는 질렸거든요.

"이탈리아 요리, 프랑스 요리도 할 줄 압니다. 제 데이터에는 최고 요리사들의 레시피가 다 들어 있거든요."

사장이 흐뭇하게 고개를 끄덕이고는 말했어요.

"이렇게 하세. 손님 다섯 명을 목적지까지 모셔다 드리게. 안전하게, 아무 불평도 없이 말이지. 그렇다면 기사로 채용하겠네."

운전도 하고 요리도 하고 아프다고 결근도 하지 않을 로봇 기사라니 사장으로서도 나쁠 것은 없었어요. 이 회사에 진짜 기사는 한 명도 없었으니까요. 그러니까 혼자 사장도 하고 기사도 하는 회사인 거예요.

주차장에 서 있는 몇 대의 택시는 사용하지 않은 지 오래였어요. 후미진 산골 마을에서는 아무

도 택시를 운전하려 하지 않았어요. 가끔 기사를

하겠다고 찾아온 이들은 책임감을 중요하게 생각

하는 사장 마음에 들지 않았어요.

사장은 흰 머리카락이 나기 시작한 지 오래였고 긴 시간 운전하기에는 무릎도 아팠어요. 누군가에게 회사를 맡기고 싶었어요. 그때 무디가 나타난 거예요. 할 줄 아는 게 많은 로봇이라면 안성맞춤이었죠.

　"아무 불평 없이 안전하고 빠르게라……."

　사장은 정말 어려운 일이라고 생각하며 무디를 바라보았어요.

 # 도시로 돌아가는 까돌이

자욱하게 안개 낀 아침, 산마을 도로에 까치 까돌이가 나와 서 있었어요. 눈을 크게 뜨고 봐도 발밑이 제대로 보이지 않을 만큼 어두웠어요. 풀벌레도 자고 있는지 조용했지요. 그때 멀리서 커다란 두 개의 불빛이 다가와 끽 소리를 내며 멈췄어요.

"아 이제 살았다."

까돌이는 축축한 날개를 후드득 털며 중얼거렸
어요.

"택시 부르신 분이요!"

기계음이 나자 까돌이는 반가워서 크게 소리쳤
어요.

"저예요!"

"까묵 마을 까치님 맞나요?"

끼이이익

"네, 맞아요. 저라니까요!"

까돌이는 잠시도 바깥에 서 있고 싶지 않았어
요. 안개 낀 날은 질색이거든요. 게다가 이렇게 짐
이 많으면 말할 것도 없고요.

"짐이 많은데 도와주시겠어요?"

트렁크 문이 덜컥 소리를 내며 열렸어요. 그리
고는 아무 소리도 들리지 않았어요.

'왜 내리지 않지? 내 말투가 기분 나빴나?'

기자인 까돌이는 가끔 너무 뾰족한 말투 때문에 지적을 받기도 했어요.

'그냥 가 버리면 어쩌지?'

'아 제발 그것만은 아니었으면.'

'지금 가지 않으면 인터뷰 시간에 늦을 거야.'

이런 생각을 하고 있을 때 운전석 문이 조용히 열렸어요.

철컥철컥.

소리를 내며 운전기사가 택시 뒤쪽으로 걸어왔어요. 트렁크 앞에 가까이 와서야 발이 보이고 다리가 보였어요.

"까루룩."

까돌이는 저도 모르게 주춤 뒤로 물러섰어요.

"짐 이리 주세요."

올려다보자 네모난 얼굴이 보였어요. 눈 부분에는 은빛 점선이 왼쪽에서 오른쪽으로 흘렀어요. 금속 팔, 금속 몸의 로봇이 까돌이를 내려다보고 있었어요.

"처, 처음 보는 분이네요? 이 동네 분 아니죠?"

"로봇 택시 회사에 새로 온 무디입니다. 오늘은 시험 운행입니다."

"아!"

그제야 잔뜩 긴장한 까돌이 표정이 풀어졌어요. 무디가 짐을 번쩍 들어 올려 트렁크 안에 넣었어요. 까돌이는 이래서 엄마 집에 오기 싫어요. 이렇게 짐이 많아선 날아서 돌아갈 수도 없어요. 물론 일하는 곳까지 계속 날아갈 수는 없지만 그래도 기차를 갈아탈 때는 잠깐씩 날아서 이동하는 걸 좋아하거든요.

"뭘 이렇게 많이 넣었담."

"음 괜찮으시다면 제가 한번 알아볼까요?"

무디가 짐 쪽으로 검색 레이저 불빛을 비추며 물었어요.

"아니요! 그런 뜻이 아니에요. 뭘 넣었는지는 다 안다고요."

"네?"

무디가 고개를 갸우뚱하며 서 있자 까돌이가 말했어요.

"이제 출발해 주세요. 기차 시간에 늦겠어요."

"걱정하지 마세요. 손님이 예약 네트워크에 목적지를 입력하셨을 때 이미 기차 시간과 딱 맞게 설정해 놓았으니까요. 저로 말할 것 같으면……."

무디가 다리 관절을 삐걱 들어 올리며 말했어요.

"넵! 알겠습니다."

까돌이는 필요 없는 말을 하는 걸 싫어해요. 중요한 말만 중요하다고 생각했죠. 말이란 건 요점이 중요해요. 그래서 말을 많이 하는 사람은 좋아하지 않았어요.

까돌이가 싹둑 말을 잘랐는데도 무디는 아무 말 없이 문을 열어 주었어요. 닫는 것도 아주 조심스러웠죠. 까돌이는 문득 궁금해졌어요.

"저 기사님!"

"무디라고 부르셔도 됩니다."

"무디. 아까는 왜 그렇게 천천히 내리셨어요?"

"아까요? 기다리시게 했다면 죄송합니다. 택시 안에 잠을 자는 친구들이 있어서 문소리에 깰까 봐요. 이곳에 온 지 얼마 안 되어 힘들었는지 내내 잠만 자거든요."

"친구가 있다고요?"

"네. 그렇습니다. 이제 기차역까지 안전하게 모셔다 드리겠습니다."

까돌이가 둘러보았지만 아무도 보이지 않았죠.

"이렇게 지루한 곳에 오시다니. 손님도 별로 없을 텐데……."

까돌이는 중얼거리며 밖을 내다보았어요. 안개 때문에 잘 보이지 않았지만 로봇 택시 기사 무디는 안전하고 정확하게 기차역을 향해 달려갔어요. 까돌이는 조수석에 몸을 동그랗게 말고 자고 있는 병아리 두 마리를 보지 못했어요. 까돌이는 안개 낀 창밖을 내다보며 돌아가서 해야 할 중요한 일을 생각하고 있었기 때문이에요.

무디가 기차역에 까돌이를 무사히 내려주고,

달리고 있을 때였어요. 저만치 앞에서 누군가 다급하게 택시를 불렀어요.

"까치님은 아까 기차에 탔는데 왜 저기 있지?"

무디는 천천히 브레이크를 밟으며 멈추었어요. 그리고 조수석 창문을 내리며 물었지요.

"까치님, 언제 다시 돌아오신……."

그런데 까돌이가 아니었어요. 까만 이마와 가슴에 빛나는 하얀 털이 까돌이와 똑 닮았지만요. 까돌이를 닮은 이가 조심스럽게 물었어요.

"저 혹시 기차에 타고 있는 손님에게도 짐을 가져다줄 수 있나요?"

"혹시 까돌님 엄마세요?"

"네? 절 어떻게 아세요? 그리고 보니 처음 뵙는 분인데."

"아하. 저로 말할 것 같으면, 택시 회사에 새로

온 무디라고 합니다."

"로봇 택시 회사요? 그렇군요! 아까 우리 아이가 기차를 탔어요. 그런데 깜박 이걸 빠뜨렸지 뭐예요. 제가 먹을 것만 잔뜩 꾸려 주느라 정신없어서 정작 노트북을 빠뜨렸어요. 까돌이는 기자라 이게 없으면 안 되거든요. 제가 직접 가져가야 하나, 하는 참이었어요. 짐 때문에 날아오지도 못할 텐데. 싫다고 하는 걸 공연히 바리바리 싸 줘서…… 도착하자마자 중요한 취재가 있다고 했는데 큰일이에요."

까돌이 엄마 표정이 어두웠어요. 무디는 열차 속도와 택시 최고 속도 그리고 교차로와 신호등 개수 등등을 얼른 계산해 보았어요.

"당연히 가져다 드리겠습니다. 지금쯤이면 세 번째 마을에, 앗 출발했겠네요. 네 번째 정거장에

정차할 때 주려면 서둘러야겠어요."

까돌이 엄마 얼굴이 환해졌어요.

"잘 부탁합니다!"

택시가 출발했어요. 어찌나 급히 떠났던지 까돌이 엄마 모습이 먼지에 휩싸여 잘 보이지 않았어요. 까돌이 엄마는 지금까지 그렇게 빠른 택시는 보지 못했을 거예요. 택시가 열 대 이상 다니고 북적이던 예전에도요.

'잘 전해줄 수 있을까? 네 번째 정거장이 지나면 기차는 강 위로 달리게 될 테고, 큰 도로로 들어서서 빙 돌아 따라잡으려면 한참 걸릴 텐데.'

'중간에 다른 일이 생기지 않아야 할 텐데.'

'첫 손님 짐이니 꼭 가져다줘야 해.'

무디는 내비게이션을 보며 중얼거렸어요. 조수석에서 끽이와 꼭이가 고개를 쏙 내밀자 부드러운 깃털이 바람에 날렸어요. 하마터면 창문 밖으로 날아가 버릴 뻔했어요. 급한 마음에 창문을 닫지 않고 출발했거든요.

깜짝 놀란 무디가 창문을 올리자 꼭이와 끽이는 푸르르 작은 날개를 털었어요. 아직 푹 잔 건 아니지만 잠이 깨 버린 꼭이와 끽이도 밖을 내다보았어요.

"기차가 저 앞에 있다!"

무디가 외치자마자 기차 꽁무니가 보였어요. 조금만 더 속도를 올리면 따라잡을 것 같아요.

"꼬흑."

"끼힉."

꼭이와 끽이에게는 택시가 마치 나는 것처럼 느껴졌어요.

그때 택시 뒤쪽에서 '우르릉 콰르릉 덜컹' 하

는 소리가 들려왔어요. 백미러로 보니 커다란 화물 트럭이었어요. 덩치가 택시의 세 배는 되어 보였죠. 화물 트럭도 택시 못지않게 빠른 속도로 달려왔어요. 무디는 빠르게 달리고 있었지만 트럭과 경쟁할 생각은 전혀 없었어요. 택시는 빠르고 안전해야 하니까요. 그런데 화물 트럭 운전사인 코뿔소는 다른 생각인 것 같았어요.

빵빵!

경적을 크게 울리며 추격해 왔거든요. 무디는 신경이 쓰여 자꾸만 백미러를 힐끔거렸어요. 500미터, 300미터, 100미터!

그때였어요.

저만치 앞 신호등 없는 횡단보도에서 누군가 움직였어요.

"앗, 멧돼지 가족이다!"

멧돼지 가족이 등짐을 지고 줄지어 길을 건너고 있었어요.

"꼬오옥!"

"끼이익!"

꼭이와 끽이가 푸다닥거렸어요. 무디 머리 위에서 빨간 경고등이 올라와 빙빙 돌고 경고음이 울려 퍼졌어요.

아, 틀렸어요. 무디는 빠르게 달리고 있었고 화물 트럭은 더 빨리 쫓아오고 있었죠. 멈추기엔 너무 늦은 것 같았어요. 하지만 무디로 말할 것 같으면!

경쟁하기 좋아하는 화물 트럭 운전사는 눈을 비볐어요. 트럭 앞으로 기다랗게 다가오는 건 다름 아닌 반짝이는 팔이었어요. 금속 팔은 트럭을 양쪽으로 꽉 잡았어요.

끼이이이익.

무디가 브레이크를 밟자, 바퀴가 도로에 미끄러지는 마찰음이 들렸어요. 꼭이와 끽이가 내는 소리인가 착각할 정도로 부드러운 소리였어요. 횡단보도 바로 앞에서 택시가 가까스로 멈췄어요. 멧돼지 엄마가 가로등만큼 커진 눈으로 택시를 올려다보았어요. 새끼들이 갑자기 멈춰 선 엄마 엉

덩이에 콩콩 머리를 부딪혔어요.

멧돼지 엄마가 무디를 향해 고개를 꾸벅 숙이고는 다시 걸어갔어요. 또각또각 멧돼지들이 걷는 소리가 기분 좋게 울려 퍼졌어요.

그러는 동안 화물 트럭도 멈춰 있었어요. 무디가 놓아준 뒤에도 놀란 화물 트럭 운전사는 갓길에 차를 대놓고 한동안 움직이지 못했어요. 다른 작은 차들처럼 얼른 비켜 주기는커녕 꼼짝없이 잡혀 있기는 처음이었으니까요.

무디가 역 앞에 택시를 세웠어요. 엄마에게 연락받은 까돌이가 이미 나와 있었죠.

"감사합니다. 하마터면 중요한 일을 못 할 뻔했어요."

까돌이는 몇 번이나 고개를 숙였어요. 무디가 막 떠나려 할 때였어요. 역으로 들어갔던 까돌이가 날아왔어요.

"이거요! 엄마가 만든 건데 정말 맛있어요. 늘
너무 많이 싸준다고 불평했는데, 이렇게 나눠 먹
으면 되는 거였네요."

까돌이는 보자기에 싸인 것을 무디에게 건넸어
요. 그새 담요에 들어가 다시 잠들었던 꼭이와 끽
이가 스르르 눈을 떴어요. 콧속으로 맛있는 냄새
가 솔솔 풍겨 왔기 때문이었죠.

병문안 가는 강아지

무디가 길가에 서 있는 강아지 옆에 차를 세웠어요.

"365 병원으로 가 주세요."

택시를 탄 강아지의 말이 끝나자마자 택시 문이 다시 홱 열리면서 누군가 후다닥 올라탔어요. 그리고 다짜고짜 소리쳤어요.

"별마루 역까지 갑시다!"

털에 진흙이 잔뜩 묻은 늑대였어요.

"손님, 죄송하지만 먼저 탄 손님이 계십니다."

무디가 정중하게 말했어요.

"누가 있다고요?"

늑대는 강아지가 보이지 않는다는 듯 크르릉 코웃음을 쳤어요. 강아지는 가뜩이나 작은 몸이 한쪽으로 밀어붙여져서 자칫 잘못하면 반대편 문으로 튕겨 나갈 것 같았어요.

"나 먼저 내려 주고 가면 될 거 아니오? 급해요 급해!"

"죄송하지만 그럴 수 없습니다."

무디는 서두르지 않았어요. 무디 목소리에는 어떤 감정도 섞여 있지 않았죠. 그러자 늑대의 지저분하고 굵은 털이 잔뜩 곤두섰어요. 택시 안이 뿌옇게 될 정도로 콧김도 드릉드릉 뿜어 댔죠.

강아지는 흡, 숨을 들이켰어요. 싸움이 나기 전에 얼른 내려야겠다고 생각했어요. 하지만 무서워서 몸이 굳어 버려 움직일 수 없었어요. 손잡이를 꽉 붙들고 꼼짝도 못한 채 한쪽 다리만 달달 떨었어요.

무디는 백미러로 늑대를 힐끗 바라보았어요. 붉게 충혈된 눈이 보였어요. 늑대도 거울 안에서 무디와 눈이 마주쳤어요. 빨간 불빛이 가로로 왔다

갔다 하는 게 핏발이 선 것처럼 보였어요. 늑대가 움찔했어요. 뭔가 만만치 않은 눈빛이었기 때문이에요. 늑대는 잠시 씩씩거리더니 주머니에서 종이돈을 꺼내 흔들었어요.

"에잇 짜증 나. 자자, 여기 돈 있소이다. 돈! 두 배! 아니, 세 배!"

무디 옆으로 몇 장이 떨어졌어요. 꼭이와 끽이가 떨어진 종이돈을 잠결에 꼭꼭 찍었어요.

"아니, 택시 안은 또 왜 이렇게 더운 거야? 엉?"

늑대가 콧김을 뿜으며 소리쳤어요.

"더우십니까?"

말이 끝나자마자 택시 천장이 드르르 소리를 내며 양쪽으로 쫙 열렸어요. 종이돈이 바람에 후드득 날아오르자, 늑대가 벌떡 일어나 앞좌석 쪽으로 몸을 밀어 넣었어요.

"뭐, 뭐 하는 거야? 이런 멍청이. 돈이 다 날아가잖아! 안 보여?"

늑대는 금방이라도 무디를 때릴 듯이 씩씩거렸어요. 그때 늑대 눈에 조수석에 있는 꼭이와 끽이가 들어왔어요. 부드럽고 말랑말랑한 병아리 두 마리가 올려다보고 있었죠. 시끄러운 소리에 잠이 깬 채 종이돈을 입에 물고 말이죠.

늑대 눈이 번쩍 빛났어요. 저도 모르게 침이 주르르 흘러내렸어요. 늑대는 택시 천장을 쓱 쳐다보았어요. 활짝 열려 있었죠. 병아리를 와락 잡아채서는 펄쩍 뛰어내리면 될 것 같았어요. 무슨 일이 일어났는지는 한참 후에야 알아차리겠죠. 그만큼 늑대는 힘과 빠르기라면 자신 있었어요. 늑대가 꼭이와 끽이 쪽으로 막 몸을 기울일 때였어요.

기다랗게 늘어난 무디 팔이 늑대의 턱 아래를

콱 움켜쥐었어요.

"손님?"

"컥! 뭐? 컥!"

늑대가 뭐라고 말하려 했지만 이미 늦었어요.

"돈은 직접 주워 오셔야죠."

그리고는 늑대를 들어 올려 택시 밖으로 휙 던져 버렸어요.

"으아악!"

드드드 소리를 내며 천장 창문이 닫혔어요. 강아지는 안도의 한숨을 내쉬었어요. 달달 떨고 있던 다리도 멈추었어요. 이제 마음 편히 병문안을 갈 수 있게 되었어요.

"그런데 어쩌죠? 늑대가 다치진 않았을까요?"

"걱정하지 마세요. 푹신한 풀 더미에 떨어졌을 겁니다. 자 이제 출발해 볼까요. 어디로 가신다고

했죠, 손님?"

강아지가 보온 도시락을 품에 안고 말했어요.

"365 병원이요! 친구가 아프거든요. 안전하게
부탁드려요."

시간은 충분해요. 보온 도시락은 쉽게 식지 않
으니까요. 무디가 자신만만한 소리로 말했어요.

"물론이죠! 저로 말할 것 같으면……."

택시가 씽하니 달려갔어요. 안전하게요.

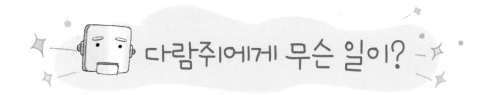

다람쥐에게 무슨 일이?

　강아지를 병원에 내려 준 무디는 노루의 호출을 받고 택시를 몰고 있었어요. 그런데 호출지에 거의 다 왔을 때였어요. 50미터 앞쯤에서 누군가 길을 건너다 푹 쓰러졌어요. 무디는 택시를 멈추고 문을 열고 나왔어요. 꼭이와 끽이도 무슨 일인가 하고 부리를 달싹거리며 밖을 내다보았어요. 다람쥐였어요. 다람쥐는 딱 봐도 아파 보였어요.

무디가 쪼그리고 앉아 다람쥐에게 물었어요.

"괜찮으세요? 어디 아프신가요?"

"으 화화화. 무무물. 바바방."

다람쥐는 말도 제대로 못 했어요. 식은땀까지
뻘뻘 흘렸어요.

"화화화. 무무물. 바바방이요?"

다람쥐는 계속 무디가 알아들을 수 없는 말을 내뱉었어요.

"우선 병원으로 데려다 드리겠습니다."

손님이 기다리고 있었지만 무디는 다람쥐을 살리는 게 더 중요하다고 생각했어요. 다행히 노루가 있는 곳과 같은 방향이기도 했어요. 무디는 다람쥐를 조심스레 안아 뒷자리에 눕혔어요.

택시가 출발하고 3분도 되지 않아 노루가 보였어요.

"늦은 거 아시죵?"

노루가 뾰로통하게 말했어요.

"죄송합니다. 2분 35초 늦었습니다."

"어머! 그건 그렇고, 뭐죠? 왜 누가 타고 있는 거예용? 무슨 일이에요?"

"죄송합니다. 길에 쓰러져 있어서 어쩔 수 없었

습니다. 괜찮으시다면 배려 부탁 드립니다. 잠깐 병원에 내려 드리고 가도 될까요?"

노루는 내키지 않았지만 할 수 없이 대답했어요.

"아 네……. 하지만 119를 부르면 되지 않았나요?"

"기다리고 있자면 손님과의 약속이 너무 늦어지니까요. 길바닥에 혼자 두고 올 수 없었습니다. 어린 다람쥐입니다. 시간과 거리와 방향과 다람쥐의 상태를 봤을 때 두 분 모두에게 나쁘지 않다는 결론을 내렸습니다."

다람쥐는 여전히 끙끙거리며 웅크리고 있었어요.

"어휴 할 수 없죵. 매우 아픈 거 같으니."

노루는 탐탁지 않은 눈으로 다람쥐를 훑어보았어요. 다람쥐는 바들바들 떨고 있었죠.

택시가 바람을 가르고 달렸어요. 노루는 창문

을 조금 내렸어요. 나무와 싱그러운 풀냄새가 창으로 흘러들었어요. 향기를 뿜내는 꽃도 많이 피어 있었어요. 노루는 나무를, 풀을, 꽃을, 정말 사랑해요.

"아, 아름다운 곳이야. 역시 이런 날엔 여행을 해야 돼!"

택시는 빠르게 길을 따라 달리고, 노루의 마음도 덩달아 달렸어요. 옆에서 앓고 있는 다람쥐가 신경 쓰였지만, 꽃향기는 제멋대로 노루의 코를 간질였지요.

"흐으음. 이 좋은 향기는 무슨 꽃일⋯⋯."

그때였어요.

뽀오오오오옹!

소리와 함께 시큼 털터름한 냄새가 택시 안에 퍼졌어요.

"옴머머! 이게 무슨 냄새야? 기사님 무슨 냄새 안 나요?"

노루가 소리쳤어요.

"로봇은 냄새를 못 맡습니다. 확인해 보겠습니다. 이것은 다람쥐 방귀 냄새입니다. 하루 전에 먹은 음식 때문에 생긴 가스가 장을 통해 나온 겁니다."

무디가 덤덤하게 대답했어요.

"자자자 잠까마요. 세 세워 주세요. 또 바바방귀 나오 꺼 가트요! 으아아 배 아파 주글 거 가트여……."

다람쥐가 이를 악물고 앓는 소리를 했어요. 무디가 무덤덤하게 대답했어요.

"아프면 뀌세요."

노루는 얼굴빛이 샛노래진 채, 구석으로 몸을

돌리고 창문으로 입을 내밀어 흐아흐아 신선한 공
기를 들이마셨어요.

뿌우우우우웅!

"흐아아 시원해."

뿌우우우우웅!

다시 한 번 힘찬 소리가 울려 퍼지고,

"죄 죄송해요! 물똥은 안 쌌어요."

다람쥐가 웅크렸던 허리를 바로 펴며 일어났어
요. 노루는 코를 막고 황당한 눈빛으로 다람쥐를
바라보았어요.

"하아 살 것 같아요……."

다람쥐는 멋쩍은 표정으로 씩 웃었어요.

"병원에 안 가도 되겠습니까?"

무디가 물었어요.

"네, 이제 진짜 괜찮아졌어요. 감사합니다. 저

그냥 아무 데나 내려 주셔도 돼요. 정말 죄송합니다. 하마터면 길에서 물똥 쌀 뻔했지 뭐예요."

무디가 대꾸했어요.

"똥을 싸고 방귀를 뀌는 건 자연스러운 일입니다. 무언가를 먹으면 영양분을 흡수하고 나머지는 장을 통해 밖으로 나와야 합니다. 나오지 않는 게 오히려 큰일입니다."

노루는 입을 쩍 벌렸어요. 그리고 생각하기도 싫다는 듯 얼굴을 찡그렸어요.

"가스가 많이 차 있었던 것 같습니다. 아마도 차가운 음식이 문제였을 겁니다. 하지만 아무리 급해도 무단횡단은 위험합니다."

무디의 말에 다람쥐가 눈을 동그랗게 떴어요.

"어? 어떻게 아세요? 어젯밤 먹고 잔 아이스크림 케이크 때문이에요. 히잉, 너무 맛있어서 한입

두 입 먹다 보니 다 먹어 버렸지 뭐예요."

"아이스크림 케이크 한 통을 전부 다 먹었다고? 옴머머, 얘! 그렇게 먹으면 살쪄."

노루가 눈을 동그랗게 뜨며 말했어요.

"집에서부터 뱃속이 부글부글했어요. 나왔다 다시 들어가고, 나왔다 다시 들어가 화장실에 가고 하다 보니, 학교에 늦어서 그냥 길을 건너려고 했어요. 그러면 훨씬 가깝거든요. 그런데 길에서 물똥을 쌀 수 없어 참다 보니 배가 너무 아팠어요. 정말 죄송합니다."

"방귀를 여러 번 뀌었는데도 팬티에 아무것도 묻지 않았다면 이제 물똥은 나오지 않을 겁니다. 안심하셔도 될 것 같습니다."

"네! 물똥은 진짜 안 나왔어요! 헤헤."

"물똥이 팬티에 묻⋯⋯?"

노루가 고개를 절레절레 흔들었어요. 다람쥐는 노루를 향해 다시 한 번 고개를 꾸벅 숙였어요.

"정말 죄송합니다. 어? 저거 내가 아는 나무다. 저 여기서 내려 주세요."

다람쥐가 큰 소리로 말했어요.

"분명히 아는 나무인가요? 다람쥐 학교에 가는 길은 확실히 알고 있나요?"

무디가 물었어요.

"네, 눈 감고도 찾아갈 수 있어요."

무디는 그제야 안심하고 택시에서 내려 문을 열어 주었어요.

"물똥 조심하세요."

"당연하죠! 이젠 밤에 아이스크림 많이 안 먹을 거예요. 그런데 저…… 기사님. 오늘 일 비밀로 해 주실래요……"

"급물똥과 방귀를 숨길 필요는 없지만, 원한다면 비밀로 하겠습니다. 비밀은 무덤까지 가지고 가는 겁니다."

무디와 다람쥐가 노루를 돌아보았어요.

"옴머머, 얘! 입에 올리기도 싫은 얘기야. 걱정하지 마. 다람쥐야!"

무디가 무릎을 굽히고 손을 내밀자 다람쥐가 펄쩍 뛰어올라 하이파이브를 했어요.

그걸 지켜보던 노루가 얼굴을 찡그리며 말했어요.

"고마운 줄 아셔야 해요옹."

"뭘 말입니까 손님?"

"나니까 이런 상황 다 참아준 거라니까용. 다른 이였다면 어림없죵. 암요, 저처럼 마음이 넓고⋯⋯."

"맞습니다. 누구나 급똥이 마려울 수 있습니다. 물론 로봇은 말고요. 배려해 주셔서 감사합니다."

무디는 꼭이와 끽이를 힐끗 쳐다보며 말했어요. 급똥, 게다가 물똥이라면 꼭이와 끽이를 빼놓고 얘기할 수 없을 거예요. 무디가 하루에도 몇 번이나 배낭을 세탁하는 데는 이유가 있거든요. 꼭이와 끽이는 시끄러운 중에도 잠을 자고 있었어요. 잠을 자는 척하는 건지도 모르지요. 비밀은 역시 무덤까지 가져가는 게 좋겠어요.

이제 안전하게 달리기만 하면 되지요. 그런데

무디가 불쑥 물었어요.

"그런데 손님. 화화화, 무무물, 바바방이 뭘까
요?"

노루는 눈을 감고 꽃향기에 취한 척했답니다.

그리고 혼자 중얼거렸죠.

'그건 아마 화장실 물똥, 방귀, 옴머머……'

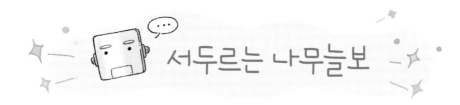

서두르는 나무늘보

로봇 기사가 새로 왔다는 이야기를 들은 후 제일 좋아한 건 아마 나무늘보일 거예요. 얼마나 좋았는지 뛸 듯이 기뻐했어요. 하지만 누군가 그때 나무늘보를 보았다면 자는 줄 알았을 거예요. 그만큼 나무늘보는 느리게 움직여요. 그래서 나무늘보는 새들에게 소식을 듣자마자 제일 먼저 택시를 예약하기로 했어요. 하지만 예약 전화를 하는

것만 해도 한참 걸려요. 겨우겨우 예약에 성공해
도 택시를 타러 나무에서 내려오려면 또 한참 걸
리죠. 그런 나무늘보 중 가장 먼저 예약에 성공한
건 늘병이와 늘봉이 형제였어요. 왜냐하면 동생
늘봉이는 조금 빠른 나무늘보니까요.

"잠깐만 기다려 주세요."

소리가 들리더니 늘봉이가 택시에 얼른 올라탔

끄응차-

어요.

"잠시만요. 한 명 더 있어요."

늘봉이는 손가락으로 따다닥 의자를 두드리며
말했어요. 문을 열어 준 무디는 여전히 옆에 서 있
었어요. 따다닥 소리가 몇십 번쯤 들렸을 때는 늘
병이가 한쪽 손을 택시에 올려놓는 중이었어요.

무디는 재촉하지 않았어요. 꼭이와 끽이가 늘

병이가 다 탔는지 확인하느라 등받이 위로 여러 번 올라갔다 내려오긴 했지만요.

"저 이상하죠? 기사님."

늘봉이가 말했어요.

"네? 그게 무슨 말씀입니까?"

"빠르잖아요."

늘봉이는 손가락을 또다시 다다닥 두드렸어요.

이상한 나무늘보라고 놀림 받는 건 늘봉이에게 숨 쉬는 것처럼 익숙했어요. 유치원 때부터 빠르다고 놀림 받았으니까요. 다른 동물에 비하면 그렇게 빠른 것도 아닌 데 말이죠. 어릴 때부터 놀림을 받다 보니, 어떻게 된 건지 이제는 당연하게 생각되었지요.

"휴······."

한 손을 올려놓고 다른 손을 마저 택시 의자에

올리며 형 늘병이가 한숨을 내쉬었어요.

"걱정하지 마세요. 기다릴 테니까요. 천천히 타세요. 방송국까지 안전하게 모셔다 드릴게요."

무디가 말했어요.

"네. 감사합니다."

늘봉이가 대신 대답했어요.

"당연합니다. 안전하고 빠르게 모셔다 드리겠습니다."

"빠르게 가다니. 우리 나무늘보들에게 어울리진 않네요."

늘봉이가 푸념처럼 말했어요.

"그런데 지금 가면 밤입니다. 방송국은 문을 닫았을 겁니다."

"괜찮아요. 형과 같이 정문에서 방송실까지 가다 보면 아침이 될 거예요. 느린 나무늘보보다는 너무 빠른 나무늘보가 늘 문제지요."

"그렇군요."

무디가 대답하자 늘봉이는 하소연하듯 말을 쏟아 냈어요. 형 늘병이가 택시에 타려면 아직 한참을 더 기다려야 했거든요.

"우린 방송국에서 일해요. 나무늘보들의 방송국이죠. 하지만 일하는 건 한 달 30일 중 며칠 되지 않을 걸요. 방송국에 가 보면 이미 밤이고, 다시 집에 돌아왔다가 또 가면 이미 끝날 시간이고. 그래도 다들 그러려니 해요. 늘보들의 느린 방송국이니까요. 어떤 소식을 들으면 이미 한 달 전 이야기죠. 정말 답답해요. 그러니 저만 늘 이상한 늘보란 소리를 듣는답니다. 사실 놀림이라면 이제 지긋지긋해요."

"늘봉님이 이상하다는 건 왜죠?"

"늘보답지 않으니까요."

"아, 그러셨군요."

택시에 타고 있던 늘병이도 듣고 있었어요. 그리고 고개를 끄덕였어요. 늘병이 생각에요. 자세히 보지 않으면 움직임을 알 수 없었어요.

"나무늘보는 느립니다. 잠도 아주 많이 자죠."

"네 저도 알아요. 그래서 저는 무조건 다른 이들에게 맞춰요. 그랬더니 좀……"

"답답하시겠습니다."

"맞아요 맞아요. 어떻게 그렇게 잘 아세요? 남들 잘 때 자는 척하는 것도 하루이틀이지 정말 힘들고 지치고, 보통 늘보들과 다른 저는 이제 아무것도 아닌 것 같고, 사는 게 재미도 의미도 없고…… 슬퍼요."

늘봉이가 한숨을 내쉬었어요. 그동안 혼자 가

슴앓이했던 말을 투정 부리듯 다 쏟아 내고 싶었
어요.

"말씀드렸다시피 나무늘보는 원래 느립니다. 하
지만 간혹 조금 빠른 나무늘보도 있지 않을까요?"

"정말요?"

늘봉이가 깜짝 놀란 듯 물었어요.

무디는 늘봉을 쳐다보며 말을 이었어요.

"잘 찾아보면 누구나 놀릴 거리는 한 가지씩 있
을 겁니다."

"누구나라면, 기사님도 있다고요?"

"무디라고 부르셔도 됩니다."

"감사합니다, 무디. 누구나 놀릴 거리가 있다는
거죠?"

늘봉이가 눈을 동그랗게 뜨고 물었어요.

"물론입니다. 저는 로봇답지 않다고 놀림 받았

습니다. 그래서 이곳으로 왔습니다. 그런데 저는 로봇이라고 놀림 받기도 합니다. 로봇의 몸은 단단합니다. 원래 그렇습니다. 그런데 피도 눈물도 없는 로봇이라고 놀립니다. 로봇이 눈물을 흘리면 녹이 습니다. 로봇이 피를 흘리면 이상한 일이지요."

"맞아요. 상상만 해도 무섭네요. 그래서 어떻게 하셨어요?"

"놀림은 제 데이터에 아무 영향을 끼치지 않습니다. 그들이 잘못 알고 있는 것이지 내 잘못이 아니니까요."

늘봉이는 가만히 고개를 끄덕였어요.

"아 무디 잘못이 아니었군요……."

"늘봉님의 조금 빠름이 필요한 곳이 있을 겁니다. 제가 운전하는 것처럼요. 가령 느리지 않은

빠른 방송국이 있겠죠. 그리고 늘봉님은 지금도
훌륭한 나무늘보입니다."

"훌륭하다고요? 제가요?"

"느린 나무늘보를 기다려 줄 줄 아니까요."

늘봉이는 그때부터 무언가를 한참 생각했어요.
형 늘병이는 이제 막 택시에 올라탔어요.

"무디, 이제 방송국에 데려다 주시겠어요? 앞

으로 저에게 어울리는 일을 찾아볼 거예요."

"알겠습니다."

무디는 얼른 택시를 몰았어요. 늘봉이는 태어나서 처음으로 마음이 날아갈 것 같았어요. 늘봉이와 무디의 대화를 들은 늘병이도 기분이 좋았어요. 늘병이에게 늘봉이는 느리든 빠르든 언제나 사랑하는 동생이었거든요.

로봇 택시 기사, 무디

다음 날 아침, 택시 회사 마당이 와글와글했어요. 새로운 택시 기사의 취직이 결정된다는 소문 때문이었어요. 떠나는 이는 많지만 누군가 새롭게 오는 일은 아주 드문 일이에요. 그래서 까묵 마을, 별마루 역, 산 넘어 앵봉에 사는 두더지 할머니까지 오랜만에 모습을 보였어요.

이런 산골짜기에서 여기저기 태워다 주는 택시

는 정말 소중하거든요. 병원에 가려 해도 택시 회사 사장은 자기도 무릎이 아파 못 간다고 할 때도 있었어요. 그러니 모든 이가 궁금해하는 건 당연한 일이었죠.

"다섯 명의 손님을 안전하게 불평불만 없이, 목적지에 내려 줬다면 채용하려고요."

사장이 말하자 두더지 할머니가 귀를 들이대며 소리쳤어요.

"뭐라고? 좀 크게 말해 봐!"

두더지 할머니는 눈도 잘 안 보이고 귀도 어두웠어요.

"불만이 없으면 채용한다고요!!!"

사장이 크게 소리 지르는 바람에 모두 귀를 막았어요.

"그래! 잘했어! 당장 채용해!"

"아니 그게 아니라요! 어휴……."

사장이 한숨을 푹 내쉬었어요. 그때 늘봉이가 들어왔어요. 무디 소식이 너무 궁금해 이번엔 다른 나무늘보들을 기다려 줄 수 없었지요. 다른 나무늘보들은 아직 나무에서 내려오는 중이었으니까요.

사장이 택시 네트워크를 찬찬히 살폈어요. 네트워크는 예약이나 출발지와 목적지 그리고 불만 사항 혹은 기사님 칭찬하기 같은 글이 올라오는 게시판 같은 거예요. 주로 불만이 많이 올라와요. 손님들은 칭찬은 깜박해도 불만은 잊지 않거든요.

"아직은 아무 불편 사항이 없네요."

"어제 첫 손님은 기차역까지 간 까치님이고요. 두 번째 손님은 365 병원에 간 강아지님이에요.

세 번째 손님은 노루님이고요. 산꼭대기에서 산 아래까지 두 번이나 왕복하셨네요. 네 번째 손님은 나무늘보 형제님. 아 이런, 다섯 명의 손님을 안전하고 불평 없이 목적지까지 모셔다 드리기로 했는데 네 명뿐이네요."

무디가 네 명이란 말에 손가락을 까딱까딱 거렸어요. 하지만 아무 말도 하지 않았어요. 꼭이와 끽이도 배낭 안에서 머리를 내밀었어요. 한쪽에서 아이스크림을 먹고 있던 어린 다람쥐가 안절부절 못하며 마당을 왔다 갔다 했어요. 그러다가 결심한 듯 뭐라고 말하려 했지만 무디가 손가락을 입에 대고 고개를 흔들었어요.

"불만 사항은 없는데 네 명뿐이라……."

사장이 중얼거렸어요.

"우리는 두 명이 탔는데요."

나무늘보 형제 두 명은 한 팀이라 한 명으로 계산해야 한다는 사장의 설명에 늘봉이가 어깨를 늘어뜨렸어요.

그때 어디선가 거친 숨소리가 들려왔어요.

"불만이 없다뇨? 운전이 아주 형편없었어요! 내가 저 로봇 기사 택시에 탔어요. 분명히 탔었다고요. 울퉁불퉁 덜컹덜컹해서 어깨도 쑤시고 발가락뼈에도 금이 간 것 같아요."

우락부락 늑대였어요. 아무도 뭐라 말을 하지 못했어요. 번들거리는 늑대의 눈빛을 본 꼭이와 끽이는 무디 배낭 안으로 쏙 들어갔어요.

사장이 늑대에게 물었어요.

"하지만 네트워크에는 택시를 탄 기록이 없습니다."

"기사가 빼먹었나 보죠. 운전 실력뿐만 아니라

기억력도 형편없군요."

"무디, 사실인가요? 늑대 씨가 택시에 탔었나
요?"

모두의 눈이 무디에게 쏠렸어요.

"저는 거짓말하지 않습니다. 늑대 씨는 분명 제
택시에 탔습니다."

무디의 말이 끝나기가 무섭게 늑대가 입에 침
을 튀기며 끼어들었어요.

"모두 들었죠? 봐요. 형편없었다니까요."

"무디, 어떻게 된 일인가요? 불평불만 없이 빠
르고 안전하게. 자신만만하더니 이게 무슨 일이
죠?"

사실 사장도 안타까운 마음뿐이었어요. 어떻게
든 무디를 채용해서 새로운 요리를 먹어 보고 싶
었어요. 하지만 약속은 약속이고, 택시 기사라면

요리보다 중요한 게 있으니까요.

상황은 점점 무디에게 불리하게 흘러갔어요. 갑자기 누군가 택시 회사 네트워크에 접속한 거예요. 네트워크는 모든 운전자에게 열려 있었어요. 사장이 네트워크의 반짝이는 마이크 스위치를 켜자 씩씩거리는 목소리가 들려왔어요.

"그런 운전은 생전 처음이었어요. 앞에서 계속 안 비켜 주더라고요. 아무리 빵빵거려도 소용없었어요. 갑자기 내 앞을 막고도 뻔뻔하게 사과도 하지 않았어요. 카악 퉤! 아주 꽝이에요. 아참, 엄마 아빠! 잘 계시죠?"

코뿔소 아저씨가 아들 목소리에 멋쩍은 표정을 했어요.

"아이구 쟤가 어릴 때부터 목소리가 컸어요. 쿵쿵쿵. 녀석, 집에 오지도 않으면서 어떻게 알았

대?"

두 번째 불만에 다들 시무룩해졌어요. 배낭 안의 꼭이와 끽이도 조용했어요. 아무렇지도 않은 건 무디뿐이었어요. 아니 아무렇지 않은 게 아닐지도 몰라요. 다만 표정에 나타나지 않을 뿐이죠. 무디는 로봇이니까요.

택시 회사에 취직할 수 없다면 무디는 다른 곳으로 가야 하겠죠.

그때였어요. 바깥이 시끄러워지면서 요란하게 쿵쿵거리는 발걸음 소리가 들려왔어요. 마당으로 우르르 몰려 들어온 건 멧돼지 가족이었어요.

"아유 미안합니다. 이사 때문에 바빠 늦었어요."

"그냥 가요. 다 끝났어요."

노루가 까만 눈을 반짝이며 고개를 내둘렀어요.

"끝나다니요? 벌써요? 그럼 전 기사님을 칭찬

합니다를 좀 올리고 갈게요. 이사 때문에 집에 제대로 된 게 없어서 직접 왔어요."

"칭찬이라뇨? 기사님이라면 혹시……."

사장이 물었어요.

"네! 바로 저 로봇 기사님이요. 아휴 기사님 아니었다면 우린 모두 죽은 목숨이에요. 안개는 뿌옇게 꼈죠. 아이들은 말을 안 듣고 이리 뛰고 저리 뛰고, 아무튼 횡단보도를 건너는데 땀이 뻘뻘 나더라고요. 그런데 멀리서부터 부릉부릉 우르릉 우르릉 하는 소리가 들리는데, 나 참 소름이 쫙 끼치더라니까요."

"그게 로봇 택시였단 말입니까?"

"아니요! 코뿔소 트럭이요. 우리 모두 알잖아요, 그 소리. 많이 들었잖아요. 동네 앞을 지나갈 때도 잠자는 사람 따윈 신경도 안 쓰죠. 덜컹 쿵

부릉부릉 우릉우릉 빵빵빵!"

코뿔소 아저씨가 고개를 푹 떨어뜨렸어요.

"그러면 그렇지. 쟤가 웬일인가 했답니다."

두더지 할머니가 어떻게 알아들었는지 고래고
래 소리쳤어요.

"그 누무 시키 어릴 때도 그랬어! 우리 집도 다
파놨다고."

옆에 있던 코뿔소 아줌마는 창피해서 눈물까지
후드득 떨어뜨렸어요.

"많이 속상허지? 하지만 걔도 철들 날 있겠지!
다음에 오면 혼꾸멍을 내줘!"

두더지 할머니는 정말 안 들리는 건지 모를 지
경으로 여기저기 참견했어요. 사장이 두더지 할머
니를 말리자 멧돼지가 이어 말했어요.

"아무튼 안개는 꼈지. 달려오는 소리는 들리지.

이제 다 죽었구나 했는데, 웬일? 딱 우리 앞에 조용히 선 게 로봇 택시였어요. 뒤에선 부릉부릉 우릉우릉 빨리 안 가냐고 욕하고 소리치고 카악 퉤! 침 뱉고, 아휴……."

네트워크의 마이크에서 나던 숨소리가 슬며시 사라졌어요.

"아무튼 나는 로봇 기사님 엄청나게 칭찬합니다. 베스트 드라이버예요."

"그럼, 나는요! 나는 분명히 택시에 탔다니까요. 이건 분명한 사실입니다. 로봇 기사를 채용하면 발가락이 남아나지 않을 거예요."

늑대가 씨근덕댔어요.

"늑대 씨가 택시에 탔다는 건 사실이지만 나머지는 거짓말이죠."

누군가 작은 목소리로 말했어요. 웅성거리는

동물들 사이에서 고개를 내민 건 365 병원에서 내린 강아지였어요.

"사실 전 무서워서 숨어 있었어요. 하지만 이제 다 말해야겠어요. 로봇 기사님이 떠나는 건 싫거든요. 늑대는 제가 먼저 탄 택시에 억지로 탔어요. 그러더니 저를 밀치고 무작정 자기 목적지부터 가 달라고 우겼어요. 저는 그냥 내리려 했지만 무서워서 옴짝달싹할 수 없었죠. 바로 그때, 로봇 기사님이 먼저 탄 손님은 저라고 말했어요. 그리고 늑대 씨를 택시에서 내리게 했죠. 아주 정중하게요."

"뭐? 정중하게라고?"

늑대는 코웃음 치며 털을 곤두세우고 이빨을 드러냈어요. 강아지는 심장이 벌렁벌렁 떨렸지만 물러서지 않으려고 다리에 힘을 꽉 주었어요. 하

지만 다들 지켜보고 있어서 늑대는 아무 짓도 할

수 없었죠.

　"그게 사실입니까 늑대 씨?"

　늑대는 부르르 떨리는 목소리로 말했어요.

"그, 그래요! 그렇다고 칩시다. 하지만 증거 있
나요? 증인이라도 있어요? 겁쟁이 강아지가 꾸며
낸 일일 수도 있잖소."

"아 그렇군요. 택시에 탄 건 사실이고,
양쪽 이야기가
전혀 다르니……."

그때였어요. 무디 배낭에 숨어 있던 꼭이와 끽이가 고개를 쏘옥 내밀었어요.

"내가 봤어요! 늑대가 강아지를 밀고 소리치고, 꼭!"

꼭이가 말했어요.

"나도 봤어요! 늑대가 돈을 뿌리고, 끽!"

끽이도 소리쳤어요.

그리고 꼭이와 끽이가 함께 외쳤어요.

"우리가 봤어요! 침이 주르르 흐르고 이빨이 우와앙, 그때 늑대가 택시 밖으로 휘이익 날아갔어요. 정중하게요. 꼬끼오!"

갑자기 마당이 조용해졌어요. 씨근덕거리는 늑대의 숨소리만 들려왔죠. 그러더니 다함께 참았던 웃음을 터뜨렸어요.

"으하하하하."

"날아갔어!"

"정중하게!"

"꼭끽이오!"

다들 배꼽을 잡고 마당을 뒹굴며 웃어 댔어요. 그동안 무례한 늑대에게 당했던 일들 때문에 속이 다 후련해졌어요. 사장도 늑대에게는 차비를 제대로 받은 적이 없었어요. 목적지에 도착해서는 지갑을 안 가져왔다며 바쁜 척 사라져 버렸죠. 늑대는 붉으락푸르락 씩씩거렸어요. 뭔가 더 할 말을 생각하다가 무디의 눈빛이 빨갛게 왔다 갔다 하는 걸 봤어요.

"쿵쿵, 오늘은 내가 좀 바빠서……."

늑대는 얼버무리며 얼른 자리를 떴어요. 그때,

"아유 내가 너무 늦었죠?"

라며 들어선 건 까돌이 엄마였어요.

"로봇 기사님 덕분에 까돌이에게 노트북을 잘

전달해 주었어요. 제가 떡을 챙기느라 깜박했거든요. 제가 무디 기사님의 다섯 번째 손님이에요. 택시를 타진 않았지만 노트북을 전달해 줬죠. 고마워서 이렇게 떡을 해 왔어요. 오랜만에 모였으니 같이 먹어요."

사장이 고개를 끄덕이는 걸 본 꼭이와 끽이가 소리쳤어요.

"만세! 취직됐다."

그러자 모두 함께 외쳤어요.

"무디 기사님 환영해요!"

까돌이 엄마가 떡을 펼쳐 놓고 다함께 모여 앉았어요. 하지만 무디는 떡을 먹지 않아요. 로봇이니까요. 서 있는 무디를 올려다보며 두더지 할머니가 더듬더듬 물었어요.

"그런데…… 기사님은 누구슈? 어디서 왔대요?

어떻게 생긴 겨? 내가 눈이 어두워서 통……."

그러자 무디가 관절 꺾기 춤을 추기 시작했어
요. 지금 이 상황에 딱 맞는다고 생각했거든요.

"저로 말할 것 같으면……."

택시 회사 마당은 로봇 무디에게서 흘러나오는
노래와, 춤을 추는 이들로 들썩거렸어요.

무디는 사장이 내어 준 한쪽 마당에 꼭이와 끽
이를 위한 집을 마련했어요. 뛰어오르고 건너뛰
고 그리고 날기 위한 연습을 할 수 있는 크고 안
전한 집이었어요. 택시 운전처럼 병아리 집도 안
전이 가장 중요해요. 꼭이와 끽이는 이쪽저쪽으로
뛰어다니며 푸다닥거렸어요. 저렇게 열심히 연습
하면 언젠가 날지도 모르지요. 단 1%의 가능성이
라도 있다면요.

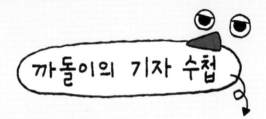

로봇 기사 나타나다.

별마루 역 옆에 있는 택시 회사는 이름만 로봇 택시 회사입니다. 튼튼하고 정확하다는 의미로 회사 이름을 지었다는 건 모두가 아는 일이죠. 그런데 진짜 로봇이 기사로 취직했다는 소식입니다. 이에 마을에서는 정말 튼튼하고 정확한 로봇이 나타났다면서, 반가운 일로 받아들이고 있다는데요. 하지만 어디에서 무얼 하다 왔는지도 모를 로봇을, 어떻게 믿고 주민들의 안전을 맡기냐는 의견도 일부 있는 걸로 알려졌습니다. 그래도 ~~서서하고 지루한~~ 한적한 마을에 나타난 택시 기사는 마을 주민들에게 많은 도움을 주게 될 것으로 여겨집니다.

로봇 택시 기사의 활약이 기대됩니다.

까치, 강아지, 다람쥐, 노루, 나무늘보, 늑대가 사는 산골 마을에 로봇 무디가 나타났어요. 배낭 안에는 병아리 두 마리도 있었죠. 무디는 1% 의 감정을 가진 로봇이래요. 그 감정은 병아리를 보살피는 데 쓰고 있어요. 무디는 로봇답지 않다고 놀림 받기도 하고, 로봇이라서 놀림을 받기도 했어 요. 무슨 일이 있었는지 자세히는 알 수 없지만, 병아리 꼭이와 끽이를 지 키기 위해 떠나온 건 분명해요.

만약 로봇이 여러분과 함께 살게 되면 어떨까요?

지금도 같이 살고 있다고요?

맞아요. 우리는 이미 로봇과 함께 살고 있어요. 어떤 청소기에는 로봇 이라는 이름이 붙어 있지요. 알아서 움직이고 알아서 청소하고 자기 집도 잘 찾아가던걸요. 머지않은 미래에는 무디 같은 인간형 로봇이 어느 집 에나 있을지도 몰라요. 로봇에게 이름을 지어 주고 함께 살면 마음도 주게 되지 않을까요?

강아지와 고양이에게, 인형에게, 돌과 나무에게 심지어 아기 시절을 함께한 담요에도 마음을 주는 우리인데 하물며 대화하는 로봇에게야 말해 뭐하겠어요.

하지만 마음을 준 대신 로봇은 우리에게 훨씬 많은 걸 줄 거예요.

하기 싫은 일도 해주고

어려운 판단도 대신하고

위험한 일도 척척 해내겠지요.

로봇 택시 기사 무디처럼요.

산골 마을 주민들처럼 여러분도 무디를 환영해 주었으면 좋겠어요.

로봇답지 못하다고 놀리지도, 로봇이라고 차별하지도 말고요.

무디로 말할 것 같으면, 여러분의 좋은 친구가 될 거니까요.

동화 작가 박선화